バリの奇跡

白石ミドリ

Midori Shiraishi

文芸社

バリの奇跡　目次

バリへの誘い

きっかけはタッキーだった。

「ねえ、四人で思い出に残ることをしようよ！」

その年いっぱいで大阪を去る決心をしていたので、記念に何かイベントをやりたいという彼女の提案に、他の三人もやろうやろうと乗ってきた。

四人は同じ病院の看護師として働いているが、職場は別々なので休暇が割と取りやすい。夏季休暇が五日ほど取れる。有給休暇を含めれば十日くらいは休める。

何がいいかタッキーが決めてよ！　とのことでタッキーはいろいろ考えてみる。

「旅行がいいけど、国内は今後行く機会があると思うから、どこか外国がいいなあ……」と思案げに言うとジュリーが、

「どうせなら外国でもあまり馴染みのないような所にしない？……」

そして思い出したように、

「そうだバリはどう？　私一度行ってみたかったのよ」と夢見心地で言う。

え？　バリって地球儀のどの辺にあるの？　どうしてバリなの？　聞いていたタッキーの頭はクエスチョン？である。が、他の二人は何も言わない。

「ねえどうして、バリなの？」タッキーが聞く。

「実はね……」ジュリーが答えようとしたときフミさんが、「じゃ私パンフレット集めるわね」と言ったので会話はそこで途切れて、旅行計画がとんとん拍子に

進んでいくように見えた。

しかし、フミさんが持ってきたパンフは「花の都パリ」で、フミさんひとり「最近のパリのファッションは……」と楽しそうにしゃべっている。三人は呆気《あっけ》にとられて聞いていたが、さすがにジュリーが、

「フミさん、パリではなくてバリだよ」

そんなこんながあってジュリーがあらためて「トップレスとヨットの国バリ」「地上の楽園」「世界遺産ボロブドゥール遺跡」などのパンフレットを取り寄せて皆で見た。

それから出発までの間、パスポートを申請したり、買い物をしたり、準備のために慌ただしい日々があっという間に過ぎる。

りこさんは初めての海外旅行でワクワクの様子だったが、よっぽど浮かれていたのか、慌てていたのか、必要書類の戸籍謄本を夫の分を取り寄せてしまい、

「ああどうしよう、北海道なのに間に合うかしら？　もし間に合わなかったら三人で行ってね！」と悲壮な顔で言う。

「大丈夫、落ち着いて！　速達で出せばきっと間に合うから、絶対四人で行こうよ、四人で行ってこそ意味があるんだから」三人は代わる代わる、りこさんに話しかけ慰め励ました。

せっかくの夏休み、りこさんは子供たちをここ二、三年、実家の北海道の牧場へ預けていた。彼女の夫もあのメンバーならいいよ、と気持ちよく了解してくれたので、りこさんもぜひ行きたかったろうし、三人も気持ちは同じである。そして、その気持ちは通じたようで、パスポートは期日までに無事間に合った。

バリ島

インドネシア共和国三十三州の一州（バリ州）で、州都はデンパサール。

面積は東京都のおよそ二倍半。人口約三百二十万人。（二〇〇八年八月現在）
島民の約八五％はバリ・ヒンズー教徒で、信仰に根ざす宗教行事、
芸能、工芸が今なお暮らしに息づく。
海、森、清流、田園……多様な風景に心引かれる〝南国の楽園〟。
踊りも音楽も工芸も絵画も厚い信仰心に根ざす〝神々の島〟。
訪れる者の心に魅惑のキャッチフレーズを刻む、豊穣《ほうじょう》なる島。

ポケットガイドの説明だと大体こんな感じである。

関空発、いざバリへ

雨女は誰よ！　ったく、どうしていつもこうなるんだ？……と思いながらも四人何とか空港バスから降り、混雑した国際空港ビル内を走り抜け、インドネシア・バリ島デンパサール行きガルーダ航空出発ロビーへ急ぐ。

ここ数日、太平洋側から関西方面へ近づいていた台風の影響で、昨夜から明け方まで大雨に見舞われ、川が氾濫《はんらん》し交通機関が一部麻痺《まひ》状態で、高速道路も閉鎖、空港行きは危ぶまれていたから気が気ではなかった。夜が明ける頃から雨や風が収まってきて、どうやら台風は日本海側へ抜けていったようだ。

四人は昨夜から、空港へ行くのに一番便利な香山文絵のマンションに泊まり込み、テレビで情報収集しながらまんじりともせず夜を明かしたのである。

ロビーには、旅行会社のマーク入り真新しい紺色ジャケットを着た痩せ型で背が高く、今風に髪をツンツン立てた感じの黒縁眼鏡《めがね》をかけた男性が旗を持って声高に何か叫んでいる。「あ、あそこよ！」川瀬多喜子が指示し、四人はそこをめがけてさらに走り出した。

「川瀬様……島田様……香山様……前畑様……。あーあなた方ですか」眼鏡越しに、息せき切ってハァハァ言いながら走り込んできた四人を交互に見ながら、添乗員が表情も変えず手に持った書類と名前を確認している。

「はい、これで最後の四名様到着されましたので、総勢十八名バリ島ツアーのお客様全員揃いました。ではこれから出発いたします。私の後をついてきてください」と言って歩き出し、十八名はぞろぞろとそれに従った。

添乗員のすぐ後を歩いていた四人は、目線が自然にマーク入りの真新しいジャケットの腰から下の部分に集まり、思わず顔を見合わせて苦笑した。仕付け糸がスリットにそのまま付いていたのである。少し緊張感が緩んだ瞬間だった。

何はともあれ飛行機の座席に座った瞬間、ホッとして四人の顔にはそれぞれ安《あん》堵《ど》の色が浮かんでいた。

夏休みのためか家族連れもけっこういて、ジャンボ機はほぼ満席である。真ん中辺の通路を挟んで横一列に窓側から、香山文絵・前畑里子、川瀬多喜子・島田樹里の順に四人並んで座った。

メモ魔の前畑里子は、早速手垢のついていない萌黄《もえぎ》色のB5サイズの手帳を取り出して何か書いている。通路越しに川瀬多喜子が覗《のぞ》き込み、クスッと笑った。「添乗員」が「天井員」になっている。指摘すると照れ笑いを浮かべながらも、すまし顔で、

「あ、そうなの？　あの人背が高いから私見上げるでしょ、だからこの字かと思って」とのたまった。

確かに彼の身長は百八十センチ以上はありそう。前畑里子は百五十四センチで、他の三人はそれぞれに百六十センチ前後である。

台風一過の空はどこまでも澄んで八月の青空が広がり、いつの間にか四人は心地よい眠りにつき夢の中へと誘われていた。

タッキー&ジュリー

川瀬多喜子、二十九歳、独身、鹿児島県出身。島田樹里、三十一歳、独身、熊本県出身。二人は大学の看護学科の同期生である。お互い高校まで九州の地元で過ごし、大阪へ出てきた。

名簿順で席が前後だったということもあるが、二人は、クラスで話すときや講義中に当てられて答えるときにもお国訛《なま》りがぬけなくて妙に親近感を覚え、いつの間にか仲良くなり、タッキー、ジュリーと呼び合っている。

お互い話すときもつい九州弁になるので、周りはびっくりするようである。二人とも山が好きで、学生時代山岳同好会を作り、集まった七人で北アルプス、南アルプスはじめあちこちの山に登ったものである。

卒業後二人は同じ病院に就職したが、タッキーは救急病棟、ジュリーは手術室と勤務場所は別だった。が、けっこう連絡を取り合い一緒に食事や飲みに行ったり、また時には山や温泉に行ってストレスを解消していた。

そして二人とも文章を書いたり、物語を作るのが好きで、身の回りの出来事をあるときはおとぎ話風に、またあるときはミュージカル風に話を紡いで楽しんでいた。特にお酒が入るとその傾向が強くなる。

例えば日本昔話風に、

「昔々あるところに……タキという名前のお姫様がいました。タキ姫は宇宙を彷徨《さまよ》うことが大好きで、時々お付きの者の目を盗んで火星や土星、冥王星へ行っています」とタッキーが言うとジュリーがすかさず、

「待って、何に乗って行くのよ」とたたみかける。

「決まってるじゃない、銀河鉄道よ！」

「それって宮沢賢治よね？」

「違うわ、松本零士よ！」

そして二人は歌って踊れるナースに変身し『銀河鉄道９９９』やなぜか『月の砂漠』などを歌うのである。気がつくとブートキャンプになっていたりする。

「さて、タキ姫のお気に入りはどの星人でしょう」

「はいそれは……土星人です。ワッカがある星が好きなのです」

「だってお姫様ですから？」

という具合に話は進んでいき、際限なくどちらかが寝てしまうまで続くのである。

不思議なことに、明くる日は二人ともうろ覚えで、ズキズキする頭をなでたり

さすったりしながら記憶をつないでいくと、また違うストーリーができていく、
そういう空間が二人は大好きだった。

十八名のツアー客

目が覚めたら外は真っ暗だった。途中二回、機内食を取って映画も見たが内容はよく覚えていない。

関空を出発し八時間後にジョクジャカルタを経由し、バリのガルーダ空港へ着いたのは午後八時過ぎであったが、なぜかとても倦怠感《けんたい》が強い気がする。

空港からホテルまでバスで移動したが、外は漆黒《しっこく》の闇という感じの暗さである。異国の地で見えない外を眺めていると、訳の分からない何か不気味なものに引き込まれていきそうな不安な気持ちになってくる。これからいったいどうなる

んだろう、こんなことなら来ない方がよかったかも……と暗い気持ちになってい
ると添乗員が、

「電気がまだ一部しか通っていないので真っ暗なのです」と説明、皆少しホッと
したようである。

二十分ほどで急にネオンや電気が多くなり明るくなった頃、どうやらホテルに到着したようで、しんと静まり返っていたバス内がざわめき始め、皆背を伸ばして辺りを見回している。どの顔にも少し安堵の色が浮かんでいる。

ホテルの一室で添乗員が、真面目に部屋の割り当てや今後の予定について説明しているが、皆疲れた顔で聞いている。

それもそのはずで、日本との時差で約二時間遅れていて、添乗員の説明が終わったのが午後十一時、日本時間では午前一時だったからである。

説明の後、添乗員が各部屋のカードキーを代表に渡していった。

「ツアー内ただ一組の新婚さん立花恭介・香様ご夫妻、岡山から一人で参加した勇気ある高校二年生有田優君、京都からおこしやす呉服屋さんの山本様ご一家五名様、名古屋からお一人で参加の清水道彦様、今年銀婚式をお迎えの八代昭雄・奈津様ご夫妻、泉理沙様、他短大生三人娘様、川瀬多喜子様他四人組様、ただし四人組様は二人ずつ別々の隣のお部屋になります。そして私は添乗員の田中亮と申します、どうぞよろしくお願いいたします」

添乗員の説明に時折クスクスと笑いが起きる。

鍵を受け取り部屋への長い廊下を歩きながらタッキーが、

「何であっちは三人娘で、こっちは四人組なのよ！　なんだかイメージ良くないじゃない！」と呟《つぶや》くと他の三人も同時に頷《うなず》いた。

その昔、政治的に悪いことをした中国の江青夫人他三人が「四人組」と呼ばれていたからである。短大生と比べられては形無しだが、反論するほどの根拠もなく、妙に納得する部分もあった。

フミさんとりこさん

香山文絵、四十歳、バツイチ、六歳の男の子がいるが、夫が引き取っている。京都府出身。東京で結婚生活を送っていたが、離婚して現在大阪のマンションに一人暮らし。ジュリーと同じ手術室勤務である。フミさんと呼ばれている。

前畑里子、四十一歳、既婚、小学六年生と四年生の男の子の母である。夫も一緒の北海道出身。四人の中で今の病院勤務が一番長く、今年勤続十年目を迎える。

最初は手術室でフミさんと一緒、次はタッキーと同じ救急病棟、そして現在は在宅医療部で訪問看護師として働いている。名前は「さとこ」だが漢字をそのまま素直に読んで「りこさん」と呼ばれている。

夫は脱サラして小さな赤提灯《ちょうちん》をやっているので、そこへ時々タッキー、ジュリー、フミさんたちが集まっていた。

鹿児島県出身のタッキーと北海道出身のりこさんが同じ病棟で働いていた頃、夜勤を一緒にしていたとき、夜中に外を見ると雪が降っていた。めったに雪を見たことがなかったタッキーは、窓から空を見上げて胸が高鳴り思わず、「わー雪だ、雪だ！」とやや興奮気味にはしゃいでいると、りこさんは静かに首を傾《かし》げて「雪ってもっと大きな白いものがボタッと落ちてくるもんだけど……これってごみじゃない？」と言っていた。

市場にて

バリ島生活一日目、快晴。

午前中はツアー客十八名全員、市内観光で市場へ行く。

前日とは打って変わって皆それぞれにリラックスした服装で参加したので、顔もまだよく覚えていないが、さらに分からない。大体分かるのは三人娘と高校生くらいである。

皆がバスに乗り込んだところでホテルを出発した。所々まだ舗装されていない道路を埃《ほこり》を立て、時には大きく揺れながら左右の豊かな田園地帯をゆっくりと抜け、二、三十分後、人で賑わう活気溢れる市場に着いた。

見たことのないような巨大なズッキーニや果物、お米、小麦粉などが、大きな竹や木で編んだ樽やざるに溢れんばかりに入っていて、量り売りをしている。

おばちゃんたちが大声で話しかけてくるが、何を言っているのかさっぱり分からない。舌を巻いたような言葉で△△ルピアと値段を言っているようでもある。りこさんがタッキーに「ねえねえ、何て言ってるの」と聞いてくる。タッキーは適当に、

「あなた方はとても素敵ねって言ってるのよ」と答えると、

「ほんと、すごーい、分かるんだ！」と本気にしているふうがある。どうもりこさんは癒《いや》し系の天然ボケがあるらしい。

笑顔のおばちゃんたちが差し出してくれる試食品を適当に食べ歩き、市場を一回りしたら集合時間となったので、四人はゆっくりとバスの待合所へ移動した。

「次は美術館見学よね」と絵が好きで絵画教室にも通っているジュリーが浮き浮きしながら言った。

皆がバスに乗り込み、しばらくすると静かにバスは出発した。バスの中では、たった今経験したばかりの市場での出来事を皆楽しげにしゃべっている。

百メートルくらい行ったところでバスが止まり、今来た道を静かに引き返し始めた。車内がざわつき、そこここで「どうしたの？　いったいなにがあったの？いったい何があるの？」と言ってる間に先ほどバスに乗った地点に戻ってきた。

ドアが開いて四、五人の乗客がすぐにばらばらとドアを開けて走り出した。本当にどうしたんだろう、呆気にとられてびっくりしていると、バスに乗った人数が足りなかったらしいことが分かった。それは、添乗員の田中さんと、岡山から一人で参加の勇気ある高校生有田君の二人だった。バスが出てから名古屋の清水さんが気づき、バスをUターンさせ他の乗客数人と捜しに行ったのだ。

ほどなく市場の中から捜しに行った人、捜された人、両方出てきて、バスに残っていた人たちから拍手と歓声が沸き起こった。田中さんは頭をかきながらも大して悪びれた様子もなく、

「いやー、市場のおばちゃんたちと話してたら遅くなっちゃって!」と言って隣の有田君と顔を見合わせて笑っている。有田君は今朝まで緊張感のためか笑顔があまり見られなかったが、白い歯を見せて爽やかに笑っている。その光景を見ていたら空気が一気に和んだ。

まったく波乱に満ちた幕開けである。

美術館にて

市場を後にしてバスは出発した、今度は人数を確認して。ただし確認したのは清水さんで、添乗員の田中さんは市場での出来事を周りに話している。人数確認する気はあまりないらしい。が、少しは気にしているのか「すみません」という感じで清水さんをチラッと見て頭を下げている。

清水さんが名前を呼んでいる。いや、呼んでいない。

「新婚さん、高校生君、呉服屋さん一家、銀婚式さん、三人娘さん、四人組さん……」

最後でやっぱり笑い声が起きた。どうやら四人組という名称が定着しつつあるようである。もうこうなったら四人組でいこうじゃないの、そして私たちで四人組のイメージを良くしようじゃないの、という心境になってきた。

バスは風光明媚《ふうこうめいび》な景色を美術館目指して進んでいる。左右に見える山も畑も草も木も建物も、すべてがエキゾチックでエスニック（民族調）で芸術的である。窓からの景色は映画のスクリーンを見ているようである。

三十分ほどで美術館に着いた。市場でも気になっていたが、バスの周りを小学生くらいの子供たちが取り巻き、窓越しに自分で作ったような彫刻やキーホルダー、人形などをかざして、

「安いよ！　シェン円！」などと叫んでいる。フミさんとりこさんは自分たちの子供とダブったのか「辛いわね」と言ったまま顔を伏せている。この国の別の事情をある意味物語っている。

バスは木々の間を抜けてレンガ色の美術館の正面に止まった。この美術館そのものが芸術的で、着いたときはどよめきが起きた。

バスから降りて、そここで記念撮影をしている。それぞれにカメラや携帯電話を取り出して夢中でシャッターを押している。

四人組もデジカメや写メールで撮った。フミさんは写真に造詣《ぞうけい》が深く、自慢の一眼レフを取り出して「私、カメラマンになりたかったのよ」と呟きながらじっくりと被写体と向き合っている。彼女の趣味は、ソーシャルダンスとカメラである。

ジュリーは絵が好きで、高校時代は美術部に所属していた。好きな画家はダリ、アンリ・ルソーで独特の雰囲気をもった一風変わったところが好きなのである。ルソーの絵は、ラグビーだかサッカーだか分からないような内容だったり、行った形跡がないジャングルでちっとも怖くないライオンやトラが描かれていたり……親近感を感じて嬉しくなるそうである。

美術館の中の絵も素晴らしかった。バリ在住の画家たちによる、主にバリの風景や人物が生き生きと描かれている。

四人ともにゆっくり静かに見て回り、一巡して出口で見た顔には、それぞれに満足感が漂っている。

午後の休憩

美術館から帰り、ホテルで昼食を取って部屋に帰ったら、昨日からの疲れが出たのかなんだか眠たくなってくる。

午後からの予定は特になく、オプションで夕方からケチャダンスツアーだったので、しばらくは皆思い思いに過ごすことになった。

りこさんは手帳を広げて何か書いたり、美術館で買ったポストカードやレターセットを広げながら、「子供と旦那と友達に出すの」と嬉しそうにペンを走らせている。

タッキーとジュリーは、夕方まで一眠りしようとベッドに入ったが神経が高ぶって眠れない。テレビをつけたが不思議なことに、どのチャンネルも砂嵐か一人の歌手がずっと歌い続けているVTRが流れているようである。

そこで二人同時に「泳ぎに行こう！」と言って、大阪から持参した水着の上からTシャツと短パンを着て、新調のビーチサンダルを履き部屋を後にする。二人とも泳ぎは得意であるが、ホテルを出て海に行く勇気はなかった。ホテルを一歩出ると相変わらず子供たちを含め大人も、観光客を相手に物売りが取り巻いてくるのである。

タッキーとジュリーは安全にホテルのプールで泳ぐことにした。すると、プールサイドには真っ黒に日焼けした二十代半ばくらいの監視員が一人椅子に座っているだけである。

「ラッキー、今誰もいないよ！」と言いながら二人が急ぎ足で近づいていき、プールで泳ぎたいとジェスチャー交じりで話すと、くだんの監視員は両手で顔の前に×印をつくり「フィニッシュ！」と叫ぶ。

二人は顔を見合わせながら「ワイ？」と、聞くと、英語で今は休みの時間だと答える。必死になって「私たち日本の大阪から来たの！　ここで泳がせて！　泳ぎたかとよ！」と九州訛りの日本語交じり英語で訴えたが、答えは「ノー」である。頑として聞き入れるふうがない。ある意味で意志が固くて頼もしいともいえる。ジュリーは「けっこうイケメンなのに頑固ねえ」と妙に感心している。「もう！　なに感心してるのよ、それとも……ジュリー、好みのタイプなの？」タッキーが半分冷やかして聞くと、「ま、まあね、ち、ちがうとよ！」と慌てて訳の分からない返事をする。慌てるとさらに熊本訛りが出る。そういえばジュリーは割と面食いである。腑に落ちなかったが仕方なく二人は踵《きびす》を返した。

戻って隣の部屋を覗くと、フミさんは独特のバリダンスに夢中。その横でどうやら手紙を書き終えたらしいりこさんが数通の手紙やはがきを手に取りにっこり、「早速出しに行かなきゃ」と立ち上がり、三人も後に従う。

「たしかホテルの中に郵便局があったよね」と言いながらりこさんはいそいそと歩いている。さすが、その辺はちゃんとチェックしていたのだ。広くて長いホテルの吹き抜けの廊下を行くと、やがて小さな看板が目に入り、「あ、あった！」りこさんが急ぎだす。

が、「クローズ」と木に横書きされチェーンがついた札が、ドアの取っ手にぶら下がって鍵がかかっている。ガラス越しの屋内を窺《うかが》っても人の気配がない。どういうこと？　まだ昼なのにこの国はいったいどうなっているの？　四人は狐につままれた感じで顔を見合わせる。

ホテルのフロントで聞いてみようよ、とタッキーが歩きだし、三人も一緒に続く。胸に「鈴木篤子」というネームを下げているフロントの日本人女性に、あちこちが休みだったけれど理由があるのか聞いていたら、「お揃いでどうしたんですか」と後ろから声をかけられ四人がびっくりして振り向くと、添乗員の田中さんが有田君と一緒に麦藁帽子をかぶり、Tシャツに短パン、サングラス姿でホテルの敷地内を見学しようとしているところだった。

それが……とプールでの出来事や郵便局が閉まっていたことなどを話すと、彼は、あ、しまったという顔をして説明し始めた。

「実は僕も言うのを忘れていたのですが、この国は暑いので昼休み時間が長いのです。十二時から四時まで、病院とか警察、消防など特別な所を除いてすべて休みに入るのです。そして四時から八時までその分長く働くのです、なにせ昼が長いですから」

と言うではないか。えーっ！　聞いていた四人は急に力が抜けてしまった。そんな大事なオリエンテーションをしていない田中さんにも呆れるが、この国の休みに対する考え方にカルチャーショックである。
鈴木さんも頷きながら笑っている。
本当の意味での休憩ということをこの国は教えてくれた。

ケチャダンス

夜はオプションで野外劇場でのケチャダンスツアーへ参加のためにバスで移動する。十八名全員揃っている。

上半身裸で、腰に黒とグレーのチェック柄の巻きスカートみたいなものを身につけた百人くらいの男たちが座って、真ん中の炎を中心に「ケチャケチャケチャケチャ……」と口でリズムを取りながら楽器を使わずに踊るのであるが、両手を頭のところへ上げて踊るので、なんとなく日本の阿波踊りに似ている。ケチャは奉納踊りで、踊り手に神を帰依《きえ》させるための男たちの呪文に由来するという。

野外劇場は割と広い円錐状になっていて、芝生の上に四、五人くらい座れる細長い木で作った椅子があるだけの簡素な場所である。空を仰げば満天の星であり、必要最小限のライトがともされている。席はばらばらで皆思い思いの場所に座っている。

タッキーとジュリー、少し離れてフミさんとりこさんが同じ椅子に座っている。タッキーがふと見ると、フミさんが楽しそうな表情で口ずさみ、手を上にかざしてケチャダンスに合わせ椅子に座ったままで上体をくねらせながら踊っている。ソーシャルダンスを習っているだけあって、なかなかどうして様になっている。隣のジュリーを肘《ひじ》でつついて二人で思わず顔を見合わせてくすっと笑ってしまった。

フミさんはダンスを一通り踊ると、なおリズムを取りながらも、持参した愛用の一眼レフを構えて写し出した。そのレンズがタッキーとジュリーに向くとき、二人とも笑顔でVサインを出す。

タッキーの横には有田君がいて、その横には添乗員の田中さんがいる。市場以来、何くれとなく有田君の保護者代わりをしているようである。

タッキーと有田君が「なかなか面白いねぇ」と楽しそうに話していると突然、有田君が自分の頭を思いっきり手でぱちんと音が出るくらい叩き、「僕は頭にきた！」と言うので皆びっくりして彼を見る。

「いったいどうしたの」と問うタッキーに、真面目な顔で答えた言葉に周りは呆気にとられていたが、やがて笑い声に包まれていった。

「僕の頭に蚊が止まったの」


バリ島生活二日目、街へ。

朝早く出かけて、世界遺産ボドブドゥール遺跡を見学予定だった。

天気も良い。なのに……遺跡のある所は雨や風が強くて飛行機が飛ばないらしい。そのため中止となった。

ツアー客十八名全員参加の予定だった。バイキングの朝食後、皆ホテルの庭に出て空を見上げている。「こんなにいい天気なのにねえ」と口々に言っている。

そうこうしながら一人去り、二人去り……三人去り、そして誰もいなくなり、いや四人組と田中さんが残る。

「僕もバリ島には何回か来たけど、遺跡にはまだ行けてないんですよね」と残念そうにぽつりと言う。

四人はその場を去り難く、ホテル内の土産物屋を見て回りうろうろしていたらフミさんが「そうだ街に出てみない」と提案しフロントへ行き、町までどのくらいかを尋ねている。フロントに日本人がいるのでとても心強い。何やら話していたが三人のところに戻ってきて、

「少し遠くて歩いてでは難しいらしいの、自転車だと二、三十分で四台は貸し出しできるって。でも不慣れな女性だけだと危ないと言ってたわ」

としゃべっていたら田中さんが近づいてきて、話を聞いていたのか、

「もしよかったら僕が案内しましょうか。以前行ったことがあるので少しは案内できるかも、僕も街に行きたいし……」

「そうよね、田中さんが一緒だったら安心だわ」

「でも田中さん、有田君はどうしたんですか。一緒に行かなくていいんですか」

「あぁ、彼は新婚の立花夫妻がヨットを見に行くというので誘われてついていきましたよ、ヨットが好きみたいです」

でも待って！　自転車は四台しかない、いったい誰が残るかという問題になってきた。

四人は顔を見合わせ、行きたいという表情をしている。しかし、結局りこさん

がある理由で断念することになった。それは、自転車に乗り慣れてないということである。

タッキーは小・中学校時代自転車通学で鍛えている。ジュリーは高校へ自転車で通った。フミさんは今の職場に時々自慢の愛車「ベンツ」と勝手に名付けたマウンテンバイクで通勤している。

りこさんは仕方なく諦めたが、やや機嫌が悪い。三人が口々に、

「りこさん、お土産買ってくるから!」

「帰ったら一緒にご飯食べよう!」

「そうだ日本から持ってきたカップラーメンとかそば、梅干、海苔、何でも食べていいよ!」と声をかけると気持ちが和んだのか表情も柔らかくなり、

「気にしなくていいから私の分まで楽しんできてね」やや元気のない声で言う。

そして、

「一人で食べるのって味気ないから、皆が帰るのを待ってるわ」

「じゃあ後でね」と付け加え、手を振り一人で部屋へ戻って行った。

三人はりこさんの後ろ姿を見送りながら少し胸が痛む。

チャリンコ暴走族

四人で話している間に、いつの間にか田中さんはホテルの従業員と四台の自転車をホテルの庭に持ってきていた。

が……その自転車を見て三人は目をパチクリ。かなりの年代物で、すでに骨董品の域に達していそうな感じである。

「何これ!」「すごいわね!」「驚いた!」「今どきあったんだ、こんな自転車!」

「これに乗るのは勇気が要るなあ」

三人、自転車の周りを取り囲み珍しそうに眺めている。今どき日本じゃどこへ行ってもお目にかからないような代物である。

驚いている三人を見て、ホテルの従業員は苦笑しながら田中さんに何か言っている。田中さんは頷いて三人に、

「本当に申し訳ないが、いい自転車から順に貸し出したら残ったのがこれだって。よかったらホテルの庭で練習してから外に出ることをお勧めしますと言われています」ホテルの従業員は頭をかきながら、すみませんという感じでぺこぺこと頭を下げている。

早速というか恐る恐るというか三人は自転車の試運転をする。

「ワーッ、これ、ハンドルが回らない！」

「どうしよう！　ブ、ブレーキが……」

「ちょっとー！　そこ、どけてどけて！」

ホテルの広い庭に三人の賑やかな声が響き渡る。

十分くらいの試運転の後、四人はホテルを後にした。

自転車は一番大きいのに田中さん、新しくて乗り心地のいい順に、その運転ブランクを考慮して、タッキー、ジュリー、フミさんに割り振られた。したがって、現役でマウンテンバイク通勤のフミさんが一番乗りにくい自転車ということになったが、そんな中でも愛用の一眼レフはリュックに入れて背中に担いでいる。

しばらくの間はなかなか前に進まない。ワー！　キャー！　と叫び声をあげながら運転するうちに、少しずつ慣れてきたのかなんとか進むようになった。

幸いにしてというべきか、人も車もほとんど行き交わない。道路は所々舗装していない箇所もあるが、だいたいコンクリートである。

遠くには山々がくっきりと見えて、進んで行くとたまに木陰になるような大きな木がある。見渡す限り畑で、時々そこで働く人々と牛が視界に入る。田中さん

が、

「言い忘れてたけど、牛が道路に飛び出してくるときがあるので要注意ですよ！」

時すでに遅く、先頭を走っていたジュリーは危うく横から飛び出してきた子牛を……いや子牛がジュリーを撥ねそうになった。

「田中さん遅ーい！　あーっ、そこの牛！　子牛ちゃん、よけてよけてよけてー！」と言ったかと思うと、勢いよく畑の中へダイビングしていった。牛もびっくりしたのか、もう！　と走り去った。

「ジュリー！　大丈夫⁉　生きてる？」

三人は慌てて自転車を止めて駆け寄った。ジュリーがしばらく動かなかったので、固唾《かたず》を呑んで見守っていたがやがて、

「アイタタター……」と腰を押さえながらも立ち上がったので、ホッと胸をなで

おろす。顔、手足は畑の土まみれで真っ黒になり、擦り傷があちこちにできている。が、大したことはなさそうである。この広い空間に四人の賑やかな笑い声が響く。

田中さんは、さりげなく三人の前に行ったり、後ろに回ったりしながら誘導している。

しばらく走ると、木陰で母親と小学生くらいの男の子と女の子がスイカを売っている。道端の土の上にござを敷き、その上に直径三、四十センチほどのスイカが一個丸ごと、半分、四分の一と分けてそのまま置いてあり、赤と黄色の二種類ある。日本円で一個丸ごと五十円くらいである。田中さんが、

「ここいら辺で一服しませんか？　喉も渇いたし……」と誘い、皆従う。

赤と黄それぞれ半分を買い、さらに半分ずつに分けてもらった。

冷えていない分を差し引いても十分に甘くて美味しい。風が爽やかに心地よ

く、汗が引いていく気がする。

フミさんは背中から一眼レフを取り出してスイカ売り風景や牛、皆の食べるところなどをカメラに収めている。親子は、特に男の子がカメラを珍しそうに、目をきらきらさせて見ている。

フミさんが「触ってみる？」と言いながらカメラを差し出すと、照れたようにしていたが、真っ黒に日焼けした両手を出してニコニコして触っている。どうやらカメラに興味があるらしい。

四人はしばし夢中でスイカを頬張った。タッキーが食べながら言った。

「私たち、チャリンコ暴走族ね！」

街での出来事

スイカを食べて休憩し元気を取り戻した四人は、親子に別れを告げ再びチャリンコでひたすら街を目指してペダルを漕いだ。

しばらく走ると、行き交う人や自転車が少しずつ増えてくる。さらに行くと、バイクや時々古い車も走っている。舗装されていない道では埃が舞い上がっている。

家があちこちに見え始め、露店もある。四人は自転車を押しながら歩いていた。空を見上げて、あれっと思った瞬間、ザーッとスコールが来た。天気は悪くないのに突然雨が降り出し……数分でやんだ。今のはいったい何だったの？　という感じである。

自転車ごと店のひさしに入ったのでさほど濡れはしなかった。田中さんが、

「僕も忘れていました、時々スコールが降るのです」

三人は呆れて誰も返事をせず、「さあ行こう！」と自転車を押す。雑貨屋、日用品店、食べ物、飲み物など生活用品は揃うようである。洋服屋にはアロハシャツやTシャツ、Gパン、短パン、そしてサンダル、麦藁帽子など南国らしいものを売っている。いわゆる観光客相手の店とはちょっと違う雰囲気が溢れている。

時々店に子供たちがいて売っているが、さすがに追っかけてはこない。

ここでもフミさんのカメラは大活躍である。

ジュリーとフミさんはちょっとしゃれた感じの麦藁帽子を買った。ジュリーは来る途中、畑に落ちて顔や手足に擦り傷をつくったので顔を隠すためと、安全の

ため、そして雨よけ？に。

フミさんは写真を撮るとき、日差しの中に肌を露出する機会が多いので日焼け防止に。そしてもちろん、おしゃれのために。帽子はそれぞれ持ってきていたが、ベレー帽や山に被っていくような軽いもので、今は持参していない。

タッキーは出発時から、かんかん帽を被ってきたので帽子は買わなかった。強い日差しのときはタオルを、まるで泥棒みたいに頭から巻くのである。その代わりエスニック模様のＴシャツが珍しく、自分用に買った。

買い物をしてからタッキーがそわそわし始め、あちこち辺りを見回している。そしてなんとなく他の二人も……フミさんは細い路地裏へ入っていったがすぐに引き返してきた。なんだかどぶの臭いがきつくて鼻がひん曲がりそう、と鼻をつまんでいる。

「ねえ、どこかお手洗いないかしら」三人が顔を見合わせ田中さんを見ると、こ

の辺には……と言いながら考えていたが、

「確かこの先真っすぐ行くと喫茶店があるはずです」と言うので四人は急いで自転車を漕ぐ。

一見普通の家のような造りで、表看板も木で名前が彫られていて地味である。看板には蔦《つた》が絡まっている。村唯一の喫茶店らしい。ドアを開けると扇風機が緩い風を回している。南国らしく籐《とう》のテーブルや椅子四人掛けが三組ほど並んでいて、十人ちょっと入れるくらいである。

中から三十代くらいで髪の長いややふっくらした女性がにこやかに出てきて、何か言っているが言葉がさっぱり分からない。雰囲気から「ようこそ、いらっしゃいませ」と言っているようである。

三人交代でトイレを済ませたらホッとして、喉の渇きと空腹を覚えた。時計はちょうどお昼時に差しかかっている。

「ビール飲みたい！」メニューには何が書いてあるか分からなかったが、ビール好きのフミさんが言う。

「いいわねえ、飲みたーい！　でもここビールあるのかなあ」同じくビール大好きのジュリーが同調する。

「えっ！　だめだよ！　りこさんが待ってるんだよ」

タッキーは留守番のりこさんを心配している。が、二人は大して気に留めていない様子で、

「大丈夫よ、この時間だし、りこさんはカップラーメンか何か食べてるよ」と言い、メニューを見ながら、

「田中さん、ビールがあるかどうか聞いてみてくれませんか」

と聞いている。田中さんは英語でお姉さんに聞いていたが、オーケー、と返事をしている。どうやら少しは通じるらしい。

「ビールはあるらしいのですが、たとえ自転車でも酔っ払い運転になります。日本では交通違反になるわけだし、怪我でもしたら大変！　ますますチャリンコ暴走族になりますよ。危ないのでノンアルコールにしませんか」

三人とも来る道々、ジュリーが自転車ごと畑の中へダイビングした姿が頭をよぎり、素直に「そうね、そうしよう」と言い、コーラやジュースを頼み、そして腹が減っては戦《いくさ》ができぬ、とばかりに空揚げやサラダを食べ満足した。

水一滴

ホテルに帰り着くと昼をとっくに過ぎていた。

すっかり疲れた。帰ってからフミさんはしきりにお尻を痛がっている。タッキーはとても体のだるさを感じていた。ジュリーとフミさんは帽子を被っていたが、タッキーはタオルで覆っていただけだったので、どうやら脱水症状を起こしている。

「りこさん、ただいま！」と三人が部屋を覗くと待ちわびていたりこさんがにっこりし、

「お帰り！　遅かったわね、お腹空いたでしょ」と、もうすでにお湯を沸かしてあるらしいポットを準備しようとする。それを見ていた三人ははっとして、「り、りこさん、実は私たちねえ……」と言いにくそうに言ったのはタッキーである。

「えっ、もしかして食べてきたとか？」りこさんの顔色が変わった。

「う……ん」三人は歯切れの悪い返事を返す。りこさんは怒った顔で、

「お昼ご飯一緒に食べようってあんなに固い約束をしたのに、私は水一滴も飲まずに待っていたのよ！」

「りこさん、ごめんなさい、本当にごめん」三人は平謝りに謝る。

「もういい！」りこさんは一人で口を利かず黙々とお湯をカップに注ぎ、やがて三人をちらちら見ながら、ずるずる音を立ててラーメンをすすり始めた。三人はソファーにもたれかかり疲れた表情をしている。

りこさんは怒ってラーメンを食べながらも、三人を見てなんだか様子が変！と思う。ジュリーは顔や手足が傷だらけだし、フミさんは帰ってからちょこちょこトイレに往復している。タッキーは目を閉じ横になっている。どうやら行った先で何かあったらしいと感じた。最初は、私を置いて行った罰よ！　と思っていたが、この妙な雰囲気がやっぱり気になりそれぞれに話しかけた。

ジュリーは自転車ごと引っ繰り返ったと聞き、さすがにびっくりした。フミさんは一番古い自転車でお尻が痛くなり、帰ってからトイレに入り、鏡でお尻を見てみたら赤くなって床擦《とこず》れのようになっているという。タッキーはおそらく脱水症状で、「大丈夫よ、スポーツ飲料をたくさん飲めば……」と言ってずっと飲み続けている。

「そっか、みんな大変だったんだ」と、りこさんが満足そうにラーメンを食べ終えたとき、部屋の電話のベルが鳴った。

びっくりして電話の近くにいるフミさんが、お尻を押さえながら受話器を取ると田中さんからで、声が少し慌てている。

「先ほどはお疲れさまでした。ナースである四人組さんたちにお願いがあります」

新婚さん

ヨットの停泊場所まで四人は走った。セーリング中に新婚の新妻さんが倒れたのだという。予定を変更してヨットは引き返し、今港に着いたとのことである。自分たちの気分不良を言っている場合ではない、四人とも気だるさが一気に吹き飛んだ。

途中まで有田君が手を振りながら迎えに来ているのが見えてくる。

長い時間走ったように感じたが五分ほどで着いた。これでも一応ナースなので、四人手分けして救急処置の準備はしてきている。病院で処方してもらった解熱剤、抗生物質、鎮痛剤、風邪薬、消化剤などの内服薬や包帯、カットばんなどである。知らせを聞いてそれらを持って、さらにホテルのバスタオルやタオル類を抱えて走った。ヨットの周りに人だかりがしている、四人はそこへ入った。

ヨットに横たわっている女性は背が百七十センチ近くあり、華奢《きゃしゃ》で、まるでファッションモデルみたいである。タンクトップに短パン姿で、上から薄いブラウスを袖を通さずにかけ、野球帽を顔に載せている。

夫の恭介氏も背は同じくらいであるが、どちらかというと、美女と野獣？　いや美男美女よ、と四人で話したことがあった。価値観が多様化している現在どちらかに決めることは難しい。

今は訪問看護に携わっているりこさんが、野球帽を顔から外しながら、「大丈夫ですか」と声をかけると、静かに目を開け、か細い声でしっかりと「大丈夫です」と答えるが顔色は悪い。

「とにかく部屋に戻りましょう」りこさんがてきぱきと指示をする。動くと眩暈《めまい》がするというので担架で移動することにした。

ツアーただ一組の新婚さん、立花恭介・香夫妻の部屋は四人組の部屋の向かい側の棟である。

最上階十階、眼下にヨットや海が見える見晴らしのいい部屋へと、一緒にヨットに乗っていた人たちで運び、窓際のベッドに妻の香さんを寝かせた。夫の恭介氏は傍《かたわ》らでずっと心配そうに見守っている。

担架で運んできてくれた人たちにお礼を言い部屋に戻ると、田中さんも「僕にできることはないですか」と聞いてきた。

熱を測ると微熱があるが脈は正常である。

「汗をかいているので着替えた方がいいわね」と、りこさんが言い、タッキーと二人で体を拭くことにする。ジュリーはお湯やタオル、寝巻きを出したりして準

備をした。フミさんが、

「お医者様がいらしたら見ていただいた方がいいですね」と田中さんに言うと、早速携帯電話で連絡を取っている。

しばらくしてやって来たのは、ツアー内今年銀婚式夫婦の八代昭雄・奈津夫妻である。田中さんが、

「八代さんはお医者様です」と紹介し皆挨拶を交わした。頭がシルバーグレーの紳士は、

「私は神経内科が専門なのでお役に立つかどうか」とにこやかに返す。

結婚式から飛行機の長旅の疲れで食欲がなく体調が悪いので、よけいに外国での食事が合わないと思っていたこと。ずっと仕事をしていたので式の準備は大変で、やっと式が終わってホッとして疲れが出たのかと……恭介氏は説明する。

静かに聴いていた八代先生は、ベッドの香さんのそばへ行き質問をしたり、脈

を取ったりしている。

「有田君が一緒にいてくれて、田中さんに連絡を取ったり、妻を支えてくれたりして……本当に僕一人では大変だったと思います」と恭介氏が話していると、八代先生が皆のところへ帰ってきて言った。

「おめでたではないかと思います」

花かご

八代先生ご夫妻を見送って、四人組も自分たちの部屋へ引き揚げることにした。原因が分かり皆の間にホッと安堵感とおめでたムード、そして彼女の体をいたわってあげなきゃという空気が広がっている。

部屋から持ってきたバスタオル類を持って帰ろうとすると恭介氏が「それらは置いといてください、こちらで事情を話し引き取ってもらうので……」と言うと、田中さんもうんうんと頷くので、それじゃと従うことにした。ご夫婦に挨拶し帰ろうとして、りこさんはホテルの自分の部屋のスリッパをそのまま履いてき

ていることに気づいた。他の三人はサンダルや靴を履いていたが、りこさんは慌てて出掛けに、

「そうだ、バスタオルやタオルを持って行かなきゃ」と言って取りに戻ったのである。りこさんが、

「私ねそそっかしいの、訪問看護の仕事でも行った先のお家の靴を履いて帰っちゃったことあるの」と足元を見ながら話すと、その場で笑いが起き、どうやら新婚さん夫婦にも笑顔が戻ったようである。

部屋を出ようとしたときノックの音がした。恭介氏が、誰だろうという感じで首を傾げながらドアを開けると、そこには若い短大生の三人娘が大きな花かごを抱えて立っている。

「先生、ご結婚おめでとうございます」三人は声を揃えて花かごを差し出した。部屋はたちまちいい匂いと華やかな雰囲気に包まれる。

一瞬、周りは何事かとびっくりしていると、恭介氏は照れたように頭をかき、彼女たちを中に招き入れようとしたが、部屋の中に人がいるらしい様子を見て、「いえ、私たちはここで……」と辞退している。

「実は、彼女たち高校の教え子だったのです」と、恭介氏が皆の方を振り向いて説明する。恭介氏は高校の体育教師で、今の高校に赴任したとき三人娘が三年生で教えたのだと。

香さんもゆっくり起き上がり、花かごを見て微笑《ほほえ》みながら頭を下げている。少し落ち着いてきて気分も良くなったらしい。

三人娘は、花束だと花瓶がないとき困るからと花かごにしたという。四人組は帰ろうとしていたが、花かごにしばし「きれいねえ、匂いもいいわねえ」と言いながら見入っていた。香さんは涙ぐみながらお礼を言った。

「細かいところまで気を遣っていただいて、きれいなお花を本当にどうもありがとうございます」

ファッションショー

四人はそれぞれの部屋に帰りシャワーを浴び休んだ。

今日も朝からいろいろなことがありすっかり疲れ、四人ともいつの間にかまどろんでいた。遠くで電話のベルが心地よく響いている。目を覚まし外を見たら真っ暗になっている。いったいどのくらい眠っていたんだろうと思いながらジュリーが電話に出ると、

「立花です、先ほどはいろいろとお世話になり本当にありがとうございました。妻もおかげさまでだいぶ体調が良くなり、少し食べられるようになりました。と

ころで四人組様は今夜何かご予定がおありですか」と聞いてきた。

「いえ、特にこれといって予定はありませんが……」

「でしたら今からファッションショーへ出かけませんか？」

一時間後、四人はホテルから車で十分ほどのファッションショー会場にいた。田中さん、八代先生ご夫妻、三人娘、京都からおこしやす呉服屋さんの山本さんご一家五人、そして四人組の総勢十五名である。一応ツアー客全員に声をかけたようだが、さすがに清水さんは「私には場違いに思われますので、どうか皆様でお楽しみくださるい」ということでパス。

有田君も「僕とは住む世界が違う内容」で恭介・香夫婦と一緒にいて何か役に立ちたい……と思っているようである。

山本さんご一家は呉服屋さんなので、今度のバリ旅行でもインドネシアの生地、ジャワ更紗《さらさ》などを見たり、買う目的もあったようで、昨日も呉服屋を通じて知り合った店や小売店、工場などを見て回ったそうである。山本さんは夫婦と二十五歳前後の息子二人、娘である。

立花香さんはファッションショーへモデルとして出る予定だったらしい。が、体調不良で出席できなくなり先方に伝えたら、席がたくさんあるから見学だけでもぜひ来てくださいと言われたとのこと。田中さんを通じて声をかけたら十五名集まったというわけである。

地元のデザイナーによるジャワ更紗を基調にした民族衣装、オートクチュール、カジュアル、ウエディング、そして大勢の日本人観光客を意識してか、着物風にアレンジした服など華やかに登場し大盛況だった。四人もこんな本格的なファッションショーは初めてだったが、ツアー客十五名のどの顔も興奮している。

ショーの途中から「ブラボー!」「ファンタスティック!」などあちこちから

口笛や声援が飛び、スタンディング・オーベーション（喝采）になる。フミさんは、一眼レフとビデオを交互に持ち替えながら大奮闘である。

ジュリーとタッキーはいわずもがな助手を務めている。

ビデオとカメラを持ち替えるタイミングがうまくいくように、絶好のシチュエーションで、カメラアングルで、カメラワークで……せっかくの新婚旅行を本当に楽しみにしていただろうからと思うと、最高の映像を二人に届けたいという気持ちでいっぱいだった。

ビデオは恭介氏から「出席できないので撮ってきていただけませんか」と預かってきた。フミさんがあちこちで撮影する姿を見ていたようで、遠慮がちに「もしよかったら、ビデオに収めて来ていただけませんか」と新品のビデオを託されたのである。もちろん、フミさんは快く引き受けた。そして、りこさんはその光景を持参の手帳に記録している。

そろそろショーも終盤に差し掛かってきた頃、フミさんがファインダー越しにカメラを構えたまま口にした。

「最近の、バリのファッションは……」

すかさずジュリーが答える、

「フミさん、パリではなくてバリだね」

バロンダンス

前日のファッションショーの興奮冷めやらず、四人はボーッとしている。バリ生活三日目であるが、もうすでに一週間以上滞在しているような気がしている。

オプションにもかかわらず、ツアー客ほとんど全員（立花恭介・香夫妻以外十六名）参加した。香さんの体調はすこぶる良かったのだが、行った先で具合が悪くなって皆さんに迷惑がかかってはと遠慮したらしい。夫婦で、出発するバスを満面の笑みで見送りに来てくれた。今度はフミさんが「ビデオを預かりましょうか」と声をかけ、早速見送りに来た夫婦を撮っている。

本日の予定はバリ島へ古くから伝わる伝統のバロンダンス見学と、楽譜がなくてガランゴロン……と弾くガムランという楽器演奏である。

バロンダンスのストーリーとガムランについて観光ガイドの本によると、悪《あく》霊《りょう》への生《い》け贄《にえ》として捕らわれたサデワ王子。シヴァ神により不死身になった王子は悪霊を殺す。が、悪霊の弟子カレカが王子に闘いを挑む。カレカは魔女ランダに、王子は聖獣バロンに変身し、終わりのない闘いを繰り広げる。祭儀の悪霊祓い「チャロナラン」がベースになったバロンダンスは、王朝史や古代インドの大叙事詩『マハーバーラタ』など物語はさまざまだが、善と悪、相対する力のバランスの上に世界は成り立つというバリの宇宙観が共通するプロットだ。

ガムランは、ガムル（叩く・打つ）というジャワ語に由来するジャワやバリの伝統的な打楽器と奏される音楽を指す。

バリではバンジャール（共同体）ごとにガムランの楽団があり、祭礼での奉納音楽や舞踊の伴奏として活躍する。楽譜はなく、村の集会所などで繰り返し練習することで会得していく。楽器の種類や編成は村により、儀礼により多様だが、ほとんどの楽器が二台で対《つい》をなし、調律やタイミングの微妙なズレが生む唸《うな》るような響き、互いの音の間隙を埋める。畳み掛けるようなダイナミックな奏法が特徴的。

定期公演などで見られる主な楽器は五種類あり、青銅製の鍵盤を持つ鉄琴で右手に持ったバチで叩き、左手で鍵盤を挟み響きを調節するガンサや、テンポや強弱をコントロールする太鼓で、通常、指揮者的な役割を担うクンダン、小さなシンバルで亀の形の台座に取り付けてあり、高めの音で主旋律を装飾するチェンチェンなどがある。

今回は昼間で、女性が身につけている民族衣装、ガムランというバリ独特の楽器があり、カメラやビデオを回す人たちも多い。

今やフミさんのカメラマンぶりは板に付き、彼女の撮影を周りも温かく見守り協力している。彼女がカメラを構えると、場所を空けたり体をよけたり、あるいはここから写したらというようにさりげなく移動してくれる。

物語がクライマックスを迎えた頃、突然中年のオーストラリア人夫婦の奥さんが、タンクトップとジーパンの短パン姿でバロンダンスを踊っている女性たちの前に横になりポーズをとったのである。そして、大勢の観衆を物ともせず夫は写真を撮り続けている。

取り巻いて見ている観客はざわめいたが、踊りは途切れることなく続いている。これにはさすがのフミさんも、

「旅先の撮っておきのサープライズ！　何が待ってるか分からないところが面白いのよね」とビデオを回しながら笑っている。そしていう、

「私も今度はジャワ更紗を身に着けてバロンダンスを踊るわ」

最後の晩餐

いよいよバリ島での最後の夜を迎えることになった。ツアー客全員が集まり、泊まったホテルのレストランの一角を借り切り、プールに面した中庭のガーデンパーティーである。

最後の夜に特にこれといったイベントはなかったので、新婚旅行の立花恭介・香夫妻主催によるお礼食事会となった。立花夫妻主催でなくても皆、最後の夜を一緒に過ごしたいという気持ちになっていた。

立花夫妻は、今回のツアーで香さんが体調を崩し大勢の人たちに迷惑をかけ大変申し訳ない、ぜひお礼がしたいとの強い要望で実現したのである。

皆最後の夜ということもあり、それぞれ日焼けした肌におしゃれな服を身に着けて着飾って、リラックスした表情で席に着く。主賓の立花夫妻は、ジャワ更紗で誂《あつら》えたスーツとドレスを着ている。山本さん一家からプレゼントされたものである。

新婚旅行記念と香さんがファッションショーに参加できなかったので、せめて服を贈りたいとの考えらしい。二人ともとてもよく似合っている。

ほとんどの人たちが申し合わせたように、バリ島で購入した服に身を包みどの顔も笑顔満載である。

司会は田中さん、清水さんは名前確認や人数を数えている。三人娘と有田君が、各テーブルを回って注文を取ったりアシスタント担当である。

そして、今や当然のようにフミさんはカメラマンとして活躍している。

和やかな雰囲気で宴は始まった。

もうあらためて紹介するまでもなく、ツアー全部の人たちがお互いに親しくなり知り合いになっていたが、田中さんがメンバーとのつながり、バリに来てからどのような活躍?、日々を過ごしたかを簡単に紹介し、次に各テーブルの人たちが一言ずつ感想を述べることになった。

最初は清水さん、ややメタボリックな体型を揺らして立ち上がる。

「私は七十五歳ですが、二年前に妻にがんで先立たれて現在一人暮らしです。妻は七十歳でした。妻が元気な頃はよく二人で世界遺産巡りと称して、あちこち旅行したものでしたが、一人になってからは何もする気になれず、ほとんどどこにも出ないで鬱々《うつうつ》とした日々を過ごしておりました。娘夫婦が心配して、妻と次に行くはずだったバリ島旅行をプレゼントしてくれたのです。正直あまり乗り気ではなかったのですが……このツアーに参加して皆様と一緒に過ごし、毎日がとても楽しい日々でした。今は本当に来てよかったと思います。まず何よりも十八名の家族ができたこと。そして添乗員を捜しに行ったり、出かけるときに人数確認をしたことが、私にもまだまだ人の役に立てるんだという気持ちにさせてくれました。名古屋に帰ったら、体が元気なうちに自分にできることを探して前向きに生きていきます。世界遺産の旅を復活し、妻の写真と共にまだ行ってない所へ体が続く限り行こうと決めました。妻もきっと喜んでくれるでしょう。また機会がありましたら皆様とご一緒できたらいいなと思います。少し長くなりましたが、皆さん本当にありがとうございました」

挨拶が終わると、拍手喝采であった。次は八代夫妻。

「私たちはご存じのとおり銀婚式で、三人の子供たちからのプレゼントです。私の仕事の関係でなかなか普段は旅行ができないのですが、今回は素敵な皆さんと楽しい思い出ができたので、思い切って参加して本当によかったと思います。これを機に、これからも時々は旅行したいと妻と話していたところです。清水さんから世界遺産の旅をされていたとお聞きして、そういう旅の仕方があったのかと教えられましたので、これから私たちも頑張って世界遺産巡りをしてみたいと思います。よろしかったら清水さん、これを機に私たちとご一緒していただけませんか？　清水さんがご一緒だととても心強いし、私たちも安心です」

　皆の注目が清水さんに集まると、立ち上がって大きく頷いて拍手をしていた。

　三番目に山本さん一家を代表して妻の友子さんが挨拶する。

「うちの旦那は婿養子なのでお前が挨拶しろというものですから……。うちは呉服屋ですが、普段は本当にサザエさん一家のような生活をしています。京友禅を扱っておりますので私の名前は友子です。夫は学生時代、染物の研究のためにうちに来たのですが、そのまま住み続けてマスオさんとなり今に至っています。名前は秀一といいます。呉服屋では働いておりません。大学にそのまま残って繊維などの研究を続けています。長男は京一、次男は麻紀、長女が絹子と申しまして、それぞれ呉服に関係ある名前を付けました。子供たちが成長してから家族で旅行したのは初めてで、とても感慨深いものがあります。皆様、京都にいらしたらぜひ足を運んでおくれやす。お待ちしてますさかい」

はんなりとした京都弁で家族の名前を紹介して終わった。が、ユニークで心温まる家族関係が伝わる楽しい内容である。

続いて岡山から一人で参加の勇気ある高校二年生有田優君、ネイチャー岡山弁で白い歯を見せて爽やかな笑顔である。

「皆さん今晩は！　僕は母に勧められて今回のツアーに参加しました。僕は四人弟妹の一番上ですが、母は僕たちのために貯金をしてくれていて、高校生になったら一人で自分の行きたい所へ行くようにと言いました。それで僕は、考古学に興味があるので最初はエジプトへ行きたかったのですが、ツアー客が四人しか集まらなくて中止になったので、第二希望のバリ島に決めました。世界遺産のボロブドゥール遺跡もあり、でも結局行けなくて残念でしたが……母は若い頃、バリ島を旅行してとてもよかったと口癖のように言っています。僕は東京や大阪にも行ったことがないのに、いきなりバリ島へ来てしまいましたが、今は来てよかったと思っています。もしエジプトへ行ってたら僕はミイラになっていたかも……、皆に優しくしてもらって、守ってもらってすっごく嬉しくて楽しかったです。帰ったら家族にちゃんと報告します。本当にありがとうございました」

そして三人娘は交代で一人ずつ話した。

「私たち三人は中学・高校からの親友です。中学一年で同じクラスだった後はそれぞれ別々でしたが、クラブ活動などでずっと一緒でした。私は泉理沙と申します。短大の幼児教育科で学んでいます。将来は幼稚園の先生になります。私たち三人は将来の夢が同じで、ぜひ一緒の大学に行こうねと話をしていました」

「斉野亜希子です。必修科目でピアノを習っているので楽器や音楽に興味があり、楽譜がなくて演奏するガムランという楽器や、バリ独特のケチャダンスは楽器を使わずに男性だけでケチャケチャケチャ……と言いながら踊るところが、不思議に魅力的で面白くて勉強になりました」

「村山萌です。絵本や童話などを通じて、将来子供たちにいろいろな発想の転換ができるような接し方ができたらいいなと考えています。日本には紙芝居や操り人形がありますが、インドやアジアの国などにも影絵を使ってのおとぎ話があります。最初私たちはインドへ行こうかと話していたのですが、短期間のアルバイトでの予算では無理でした。私たちの思いと費用のバランスを考えたら、バリがちょうど見合った内容だったので、バリ島で研究することにしました」

最後に三人で「私たちにとってお世話になり、憧れの立花先生の新婚旅行に同行できてとっても嬉しかったです。そしてツアーの皆様との楽しい思い出ができたのでとても意義ある旅行になりました。

もしインドへ行っていたら……象さんの背中で震えていたかもしれません。本当にありがとうございました」と結んだ。

金髪に濃い目の化粧、派手な服、大きめのイヤリング・ピアス、厚底ヒールなど外見のイメージとは違って、若いのに言葉遣いや考え方がなかなかしっかりしていることに皆感心しきりで、頷きながら拍手した。ある意味、ツアーの中で一番目的意識がはっきりしていたかもしれない。

いよいよ四人組、代表でジュリーが挨拶した。考えてみたら他の三人はどうしてバリ島になったのか理由を知らないままだった。

「私たちは四人組の悪友です。今回のバリ島旅行の動機も不純です。私が一方的に決めました。旅行を計画したときもあの三人は口をあんぐり開けて、鳩が豆鉄砲を食ったような顔をしていました」

黙って聞いていたら言いたい放題である。が、三人は黙って聞いていた。

「三年前、職場の先輩の結婚式に出席したときに、なんと私は先輩のご主人に一目惚れしてしまったんです。披露宴では新婦の従妹《いとこ》さんが寿舞《ことぶきまい》でバリ舞踊を習っているということで、披露されてとてもきれいで見とれました。先輩の新婚旅行もバリ島でした。私はその日以来胸がドキドキして、しばらくは仕事も手につきませんでした。先輩の家にも何度か遊びに行きましたが、先輩には申し訳ないけどご主人に会いに行ったようなもので、不在のときは本当にがっかりでした。そのうち先輩は子供ができて産休に入り、育児休暇を取り、職場も変わったので会う機会も少なくなり、胸のときめきも収まってきたのですが、写真で見たバリの風景はずーっと心に残っていて、一度はぜひバリ島へ行きたいと思っていました。着いた明くる日にプールへ行ったとき、監視員が先輩のご主人にそっくりだったのでびっくりして胸がドキドキして、やっぱりバリに縁があったんだと思いました」

聞いていた三人もびっくりし「そんなことがあったの、知らなかった」。

タッキーは知ってはいたが、そんなに真剣に思っていたとは考えていなかった。一時期食事が喉を通らなかったときがあったことを思い出し、よく乗り越えたね……と呟く。

「今はすっかり元気になり過去の切なくも楽しく、甘酸っぱい思い出としてこのように話せるようになりました。タッキー、りこさん、フミさん、深く理由も聞かずに私の希望を聞いてくれてありがとう、次は新婚旅行で来たいと思います」

ジュリーが話し終えると「頑張れー！」と拍手が起こった。

ツアー客最後は、今夜の晩餐の主催者で新婚旅行中の立花恭介・香夫妻である。「本日は、急なお誘いにもかかわらず皆様にお集まりいただき本当に感謝いたします。ありがとうございます」夫妻は深々と頭をさげた。

「私たちの出会いは二年ほど前になります。彼女は大学の三年後輩なのですが学生時代は接点はありませんでした。恩師の紹介でお互い別々の方とお付き合いしたのですが、なかなかピンとこなくて恩師に辞退しに行ったら、彼女も同じ理由で来ていて話をしたのがきっかけでした。縁というものは本当にどこでどうなるか分からないということを実感しました。僕は高校の頃からヨットに興味があって船舶免許を持っています。それで新婚旅行はヨットの国と決めていました。彼女は水泳教室のインストラクターが本職ですが、時々頼まれてファッションモデルをしています。二人とも海が好きで、今回彼女が所属しているファッション関係で更紗を研究している人が、ジャワ更紗を使ったファッションショーをバリ島で計画しているので出てもらえないかとお誘いを受け、記念にもなると考えてバリ島への新婚旅行を決めたのです。が、後は皆様ご存じのとおりです。でも、おかげさまで教え子たちにも会えたし、何よりも十六名の皆様と知り合いになれて、ファッションショーに出た以上の貴重な思い出ができました。子供が生まれたら話して聞かせたいと思っています。本当にありがとうございました」

と言いながら二人で顔を見合わせ、照れ笑いしている感じが初々しい。妻の香さんが、まだ目立たないお腹をさすりながら一言付け加える。

「今もお腹に向かって話して聞かせているんですよ」

皆優しい眼差しで二人に温かい拍手を送った。そして締めくくりは司会の田中さん。

「皆さんそれぞれにいろいろな理由で、このツアーに参加されているということがとてもよく分かり感銘を受けました。こんなに素敵な縁を授けてくださった神様に感謝します。私も一言いいですか？　実は私はこのツアーに参加する予定ではなかったのです。別な担当者が決まっていたのですが、アメリカから帰ったばかりで体調が戻らず急きょ、休暇中の私になったのです。バリ島には以前三回ほど仕事で来たことがあったので私が選ばれたと思うのですが……まあ何とかなるかなという気持ちでした。が、何ともならずに私の方が皆様方に引っ張っていただきました。先ほど清水さんより市場で添乗員を捜したり、人数確認をしたりして自分にもまだまだ人の役に立てる自信がついたとのお話がありましたが、私の不甲斐なさが一役買ったことになり、それはそれで私も人の役に立ったということで複雑ですがよかったと思います。おかげで私自身も、仕事とはいいながら大変楽しい思い出に残る旅ができました。この経験を次へ生かして、さらによりよい仕事につなげたいと思います。また機会がありましたら、ぜひこのメンバーでどこかへ行きましょう。本当に今回このツアーに参加していただきありがとうございました」

横から清水さんが「いつでも私が助っ人しますよ」と言うので一同笑いに包まれた。

一通り挨拶が終わり、司会の田中さんが続ける。

「ではここで私たちからお二人へプレゼントがあります。四人組さんどうぞ」

フミさんとりこさんが、Ａ４サイズの封筒を持って前へ出て新婚さんを手招いた。

「このバリ島ツアーで、お二人が皆と一緒に行けなかった場所の写真とＤＶＤが入っています。帰ってからゆっくり楽しんで見てください。解説付き・手書きの文章も入っています。何しろうちにはカメラ狂とメモ魔がいますので。もし内容に不明な点がありましたら、いつでもご連絡いただければ飛んで行って詳しくご説明いたしまーす」

少しおどけてフミさんが代表で二人に手渡した。

「先生！　お子さまが生まれたら、私たち交代でお世話させていただきまーす」

三人娘も負けずにおどけて盛り上げ、楽しい時間は過ぎていった。

さようならバリ

今日も真っ青な空がどこまでも続きすっきりと晴れ渡っている。

バリ島最後の日、四人組は朝食後、名残を惜しむようにホテルから海岸に向かって散歩した。相変わらずホテルの周りには朝早くから木彫りやキーホルダーなどの土産品を持って「買ってー!」「安いよー!」と観光客を相手に子供たちが叫んでいる。四人はそこへ近づいて行き、それぞれにキーホルダーや木彫りの彫刻のようなものを買った。

「これもバリに来た縁ね」と言いながら。子供たちはどこで覚えたのか、

「アリガト、アリガト、アリガト……」と四人がホテルへ引き返す間、姿が消えるまで何度もお礼を言う。四人は途中で振り返り手を振りながら、

「元気でね！　たくましく生きるのよ！」と日本語で返事をした。

デンパサール空港を発つとき、皆何度も満足気に振り返った。どの顔も晴れ晴れと輝いている。

ただ心残りは世界遺産の「ボロブドゥール遺跡」へ行けなかったこと。清水さんにそのことを話すと、

「なーに、また来る楽しみが増えたのでそれはそれでいいですよ」との返事だった。清水さんは八代夫妻と次の世界遺産の話をしている。どうやら話がまとまりつつあるらしい。

三人娘と有田君は年が近いこともあり、学校や将来の夢について楽しそうにしゃべっている。有田君は将来何になりたいの？　と聞かれ、

「僕は医者になると決めました。父が役場に勤めているので、今回の旅行までは僕も公務員試験を受けて、県庁か市役所に勤めて平凡なサラリーマンになると漠然と考えていたけれど、立花香さんが具合が悪くなったとき、僕も一緒にいたけれど何もできなくて……四人組さんたちの活躍も素晴らしかったし、八代先生が的確な判断をされて周りもとても心強く感じました。僕も命に携わる仕事をしたいと思います」

彼の返事は明確である。この一週間でずいぶんと成長している。立花夫妻と山本さん一家は、今後変化していくであろう体型へのファッション談議に花が咲いている。立花夫妻が、

「呉服屋さんですが、ぜひマタニティードレスを作っていただけませんか？」と希望を申し出ると、

「ありがとさんでございます、心を込めて作らさしていただきます」友子さんが

はんなりと応じ、マスオさん、いやご主人と三人の息子・娘さんも笑顔で頷いている。

「ハイ皆さん、そろそろ時間ですよ！」

添乗員の明るい声に皆顔を見合わせながら、元気に「はーい！」と返事をし搭乗口へぞろぞろと歩いた。

雲の上のおとぎ話

機上ではそれぞれ八時間、寝たり、本を読んだり、映画を見たり、お酒を飲んだり……思い思いのことをしている。

タッキーとジュリーもひと寝入りした後お酒を飲みながら、チャリンコ暴走族の思い出、ケチャダンスやバロンダンスの話題から、いつものおとぎ話を紡ぐ話に入っていき、物語ができた。

幸多君と小さな森の仲間たち

山里の小さな森に、あちこちの山を追われた狸の親子と黒兎が棲みついていました。

森の近くには藁葺《わらぶ》き屋根のおうちや蔵のある大きな門構えの家、ちょっとおしゃれな山小屋風の家などがありました。

家の周りは見渡す限り畑が続き、遠くには山々が連なっています。

畑にはさつまいも、里芋、きゅうり、トマト、茄子《なす》、落花生などたくさんの食べ物が一年中豊富で、狸や黒兎もそのおかげで食べるのに不自由はしませんでした。が、夜な夜な畑を荒らすので村人たちをいつも困らせていて、どうやって捕まえようかと皆、頭を悩ませていました。

そんなことはお構いなしにある日、狸親子の母サトはそろそろ息子狸のヒロスケを自立させるために食べ物を捕りに行かせました。

ヒロスケが食べ物を探して蔵のある大きな門構えの家の周りを昼間にうろうろ

していると、中からエイッエイッと声が聞こえてきました。

ヒロスケがそーっと中を覗くと、色白のやせた男の子が車の付いた椅子に座り、ボールをぽんぽんと地面についていました。

(何をしているんだろう……)

不思議に思ってしばらくこっそり見ていたら、ヒロスケの所にバスケットボールがころころと転がってきました。男の子がボールを追ってヒロスケの所へ近寄ってきて、びっくりした顔でじっと見ています。ヒロスケは男の子に向かって、

「僕は狸のヒロスケっていうんだ、君の名前はなんていうんだい？　変わった椅子に掛けているんだね、どうして自分で立ち上がってボールを投げないんだい？」すると男の子は、

「僕の名前は幸多、これは車椅子というんだよ、僕は生まれつき足が不自由で立

てないんだ。本当はバスケットボールの選手になりたいんだ。小学校三年生なんだけど、学校は遠いし前行ってたけどいじめられて……だから僕友達いないんだ」と寂しそうに答えました。ヒロスケは幸多君がかわいそうになり、

「幸多君の名前は幸せが多いと書くんだろ。足が不自由でも車椅子で動けるんだからもっと自分に自信をもって生きようよ。今は車椅子の人たちのパラリンピックだってあるんだから頑張ろうよ、僕がバスケットボールの相手になってあげるよ」

と言って、それから毎日幸多君とヒロスケのバスケットボールの練習が始まりました。

それからの幸多君はみるみる元気が出てきてご飯をいっぱい食べるようになり、日焼けして体も大きくなって、車椅子も自由自在に自分で動かしてシュートもできるようになりました。

一人で外にも出かけて野山を散策するようにもなりました。

幸多君のお家《うち》から畑を越えた藁葺き屋根の家には、腰の曲がったおとめばあちゃんが一人で住んでいます。

ある日、幸多君が車椅子で散歩中、おとめばあちゃんのお家を通りかかると、家の中から「誰か……たす・けて……」とかすかに声が聞こえます。幸多君が「おばあちゃんどうしたの？」と大声で何度も話しかけると、小さくて弱々しい声で「土間で転んで……動けないの、誰か助けて！」返事が聞こえました。

幸多君は「僕がすぐ誰か呼んでくるから動かないで待っててね！」と言って今来た道を引き返しました。

一生懸命車椅子を漕いでいると、そのただならぬ様子に森で食べ物を探していたサトとヒロスケと黒兎のターボウがびっくりして、

「どうしたの、幸多君！」と声をかけました。真っ青な顔の幸多君が「た・た・

大変だよ！　おとめばあちゃんが倒れて動けなくなってるんだ！」と言うとターボウが、

「僕は足が速いからお医者さんを呼んでくるよ。ヒロスケは村長の正一おじさんに知らせて！　サト母さんは幸多君と一緒におとめばあちゃんに付き添っててあげて！」と言うと、すぐにそれぞれ行動に移しました。

おかげで早く治療できたおとめばあちゃんは元気になり、それもこれも皆のおかげととても感謝しています。

それからしばらく経って平和な村ののどかな夕暮れでした。すっかり村人に溶け込んだ三匹が、散歩中おしゃれな山小屋風のお家の前を通ると、窓にちらちら人影が映り何やら怪しい気配がしています。この家の住人は月に一、二回週末しか帰ってこないはず。何か変だぞ！　三匹がそーっと近づくと見知らぬ男が家の中を物色しているではありませんか。三匹は外で男を待ち伏せし一斉に「泥棒！」と叫んで飛びかかって捕まえ、警察署長さんから感謝状を贈られました。

秋の運動会にも招待され、かけっこに出て足の速いターボウが優勝しました。

以前は畑の野菜などを盗んで村人たちを困らせていた三匹でしたが、幸多君と友達になってから改心し、今では村人に信頼されすっかり村に溶け込んでいます。

エアメール

「無事ご帰還、ほんとに楽しかったなあバリ……」

マンションに帰り着いてホッと一息つき、タッキーがビール片手に留守中の溜まった手紙や葉書などに目を通す。エアメールが届いている。差出人は、と見るとりこさんからである。絵葉書と封書が一通ずつある。絵葉書は世界遺産ボロブドゥール遺蹟の写真で簡単に、

バリに来て一日目だけどいろいろな出来事があって、もう何日もいるような気

がします。非日常的なハプニングやアクシデントの連続で……でも、何だか飽きません。

外国に来るということはこういうことなのですね。これから数日間のことを考えるとドキドキしますが楽しみです♪

りこ

という内容である。バリに着いた明くる日の午後、バリの休息のときに書いたものらしい。

封筒と便せんは泊まったホテルの部屋にあったものだった。手紙は田中さんとジュリー、フミさん私の四人、チャリンコで街へ出かけたときに留守番をしながら綴ったと書いてある。

タッキー、お疲れさまでした。無事帰り着きホッとして今頃ビールを美味しく飲んでいるところかしらね。

と始まっていて、思わず飲んだビールを噴き出しそうになる。


今回バリ島旅行に誘ってくれて本当にありがとう。

タッキーが大阪を去ると思っただけで寂しい気分になっていたけど、さらに思い出ができて嬉しいわ。

私もこのところ落ち込み気味だったので少し元気が出てきました。

夫が脱サラしてお店を開くと言ったときは不安で仕方なかったの。大学を出てから十数年間サラリーマン生活をしてきて、このまま定年まで平凡にこの生活が続くのだろうなと思っていたらある日突然、

「俺、会社辞めてきた！　新しく事業を起こす……三十代後半が勝負だ」って言ったときはとてもびっくり！　青天の霹靂《へきれき》だった。

でも自分では計画を立てて決めていたのね。一本気で一度自分でこうと決めたら言うこと聞かないし……私には何の相談もなかったことがショックだったけど。そして収入が不安定になることや、夜の商売だということも不安材料でね。私も夜勤があるから夜いないときもあるのに、子供はまだ小学生と保育園だし、この先どうしよう……と思うと夜眠れないときもあったの。開店した頃同じ女性から何度も電話があり、さすがにもうこの人とはやっていけないと離婚を決意したの。

それで離婚届をコタツの上にバーンと置いて夜勤に出たこともあったけれど、朝帰ってみたらがーがー鼾《いびき》かいてコタツに寝ているのよ。よく見ると疲れた顔をしているし、もう呆れるやらおかしいやらで、そんなときタッキーやフミさん、ジュリーの顔を職場で見ると気持ちが明るくなったので働いていて本当によかったと思った。

まだまだ子供たちの世話もあるし、夫とも話し合って、とにかく生活をきちんとしていこうといろいろ取り決めをしたの。

私がいないときは子供たちに食事を作って食べさせる、夜勤の朝は九時までに下の子を保育園に連れて行く、などと決めたのだけど……。

先日は夜勤のときスパゲッティの麺をゆがいて置いといたら子供たちが「お母さん、ゆうべのうどん美味しかったよ」というので夫に聞くと、

「あれスパゲッティの麺だったの？　俺てっきりうどんかと思ってちゃんと出汁までとって作ったんだぜ」

と言うし、夜が遅いから朝大変でね。上の子はご飯とか準備しておいて起こしさえすれば自分で食べて行くんだけれど、下の子はまだ無理でね。私がいない

ときの朝保育園から、必ず九時までに連れてきてください、と連絡があったの。それで紙に大きく「九時保育園」と何枚も書いて、台所、洗面所、トイレ、電気のスイッチ、コタツの上、玄関、そして靴の中まで置いたんだけれどあまり効果がないみたい。

でもまあ努力してはいるし、お店の方もおかげさまで少しずつ順調に良い方に向かっているようだし、私も頑張ってみようと思っています。今回旅行に行きたいといったら「おー！　行ってこいや、いろいろ苦労かけたしな、楽しんできたらいい」と言って、なんと結婚以来初めてプレゼントをくれたの。それが萌黄色の手帳だったってわけ。

私の好きな色が萌黄色で、書くことが好きなので選んだみたいです。

普段あまりこういう話はしなかったから、今回手紙にしたためてみました。これからも私・夫とお店もどうぞよろしくお願いします。

りこ

ＰＳ
お店の開店当初電話してきた女性は、隣で店を開いている夫婦の奥様で、何かとアドバイスしてくださっていたようです。

手紙を読み終えてタッキーはホッと溜め息をついた。

時々断片的に話を聞いて想像はしていたが、けっこう深刻だったのねと思う。

そしてビールを飲み干し呟いた。

「結局は夫婦ののろけ話か。さて私も結婚するかな？」

フミさんの願い

フミさんは帰りの飛行機でもずっと子供たちのことを考えていた。

チャリンコで街に出たとき、途中畑の道でスイカを食べたとき、カメラを食い入るように見ていた男の子、ホテルの周りや観光地で土産物を売っている子供たち……。夢を諦めないでね、と願わずにはいられない。

「私の子供は元気にしているだろうか？」

「私を恨んでいるだろうか？」

「私の顔を覚えているだろうか？」

離婚してから子供に会えないことは覚悟していた。が、顔を見たくてこっそりと物陰から学校帰りを覗きに行ったときもあった。

子供のことは片時も忘れたことはない。今までは会えないと諦めていた。会う努力をしなかった。あれから数年経っている。子供も成長し、周りも年を取っている。状況は変わってきているはず、帰ったらさっそく子供に会う努力をしよう、諦めずに何回も……陰からこっそりではなくて堂々と会いたい。方法はきっとあるはず。

いろいろ考えていたら、何だか力が湧いてきて元気が出てきた。今回旅行に出るまではあまり考えないことだった。そして、目がきらきら輝いていたバリの子供たちのためにも何か役に立つことをやりたい。

そうだ！　撮り溜めた写真を皆に見てもらおう！　写真展をやろう、チャリティー募金箱をおいて募金を呼びかけよう。

今までテレビや雑誌などで子供たちが生活のため、家計を助けるために働く姿を見たことはあったが現実感がなかった。今回の旅行で実際自分の目で見て本当に胸が痛む。

一人でも多くの子供が学校へ行って教育を受けたり、一食でも給食を食べられるようになれればいいと思う。

そのためにこれからもいろいろな国へ行って写真を撮り、この平和な日本で暮らしている人たちにもっと知ってほしい……。

飛行機の窓に映える夕日を見つめるフミさんの顔は輝いている。

ジュリーの想い

あの日プールサイドへ行って以来、監視員の青年が頭から離れなくなった。彼の日に焼けた爽やかな笑顔が浮かんで胸がドキドキする。タッキーに思いを話したら、

「どうやら恋するジュリーになっちゃったね、ハートの目をしてるよん♪」

ということでスケジュールの合間にプールサイドへ一緒に行ってくれたが、そこに彼の姿はなかった。がっかりしているとタッキーは、ホテルのフロントへ尻込みするジュリーを引っ張って行き、日本人のフロント係の女性、鈴木さんに聞

くように促すのだった。が、しどろもどろでなかなか思うように伝えられない。

「あ、あのー……プールサイドの、か、監督、いや監視の方は……」

見兼ねてタッキーが説明する。

「四日前にプールへ行ったときに監視員の方に大変お世話になったにもかかわらず、私たち失礼な態度をとってしまって……それでお詫びをしようとスケジュールの合間を縫って会いに行くのですが、いらっしゃらなくて……どちらへ行けばお会いできるかとこちらへ伺ったのです」

以前、街に出るときに自転車を借りたり、この国の休憩事情を教えてくれたり、鈴木さんとは顔馴染みになっていた。彼女は二人の顔を見たときから「あぁ、あなた方ですか」というように親しみを込めて応対してくれた。にこやかに、

「そういうことでしたら……少々お待ちくださいませ」

と言って奥の事務室からスケジュール表を持ってきた。タッキーがジュリーに目くばせする。ジュリーは内心、「ほんとにタッキーって、とっさのときに機転が利くなあ、感心する」と思いながらタッキーに両手を合わせて首をすくめる。

「四日前というと水曜日ですね、アジズド・スカヤ・ケイさんですね？」

「お名前もわからなくて、ケイさんとおっしゃるのですか？　日本名のような……」タッキーが質問する。

「はい、多分おじいさまが日本人ではなかったかと思います。彼は週二回、火曜日と土曜日に来ます」

土曜日は帰る日である、会えない。「そうですか、残念！　彼はどこに住んでいるのですか？　せめてお手紙で伝えたいのですが……」

「大変申し訳ないのですが、住所は教えられません」

そうでしょうねえ、と思いながらも二人はがっかりした表情で顔を見合わせ

る。その様子を見て気の毒に思ったのか鈴木さんが、

「もし私でよろしければお手紙お預かりしますが……」と申し出てくれた。

「ほんとですか？」同時に返したので鈴木さんも一緒に笑った。

「彼は二十七歳ですが、大学院でスポーツトレーナーとして研究をしているようで、特に水泳が専門みたいですよ。働きながら学校へ行っていると言っていました。会話は英語が得意ですが、日本人の血が流れているので日本に興味があるようです、時々私に日本語や日本のことを聞きに来るのです。あまりしゃべれませんが、平仮名は読めるみたいですよ」

鈴木さんは二人に気を許してか貴重な情報を提供してくれた。

「ありがとうございました。手紙を書いてきますので、その節はどうぞよろしくお願いします」二人は礼を言ってその場を辞した。

日本へ帰る日の朝手紙を鈴木さんに託してきた。英語と日本語の平仮名文字

で、先日プールへ行ったが時間外で泳げなかったことと、ぜひお話をしたいと思っていること、よかったら手紙やメールのやり取りをしたいことを、ホテルの前で写した写真を二枚添えて書いた。果たして返事は来るだろうか？

またぜひ会いたいな……飛行機の中で考えていた。


そして一カ月後、返事が来た。

内容は、鈴木さんが言っていたようにおじいさまが日本人で、ぜひ一度は日本に行きたい、できれば留学という形で二、三年滞在したいと思っているので、今はその時のための資金を貯めていること、そう遠くない将来実行できるかもしれないので日本で会いましょう……と書いてあった。そして、それまでお互いに英語と日本語で手紙やメールでお便りを交換しましょうとあり、ジュリーは夢見心地だった。

タッキーの決断

タッキーには三年間付き合っている同い年の恋人がいる。彼は半年前からカナダのバンクーバーへ留学中である。大学を出てから医学部へ再入学し、研修医を二年終えて留学したのである。タッキーとは研修医のとき知り合った。日本にいるときに、「留学はいつ決まるか分からない、急に決まるかも……」と言っていたが、そのとおりになった。そのときは先に行くからきっと後で来てほしい、と。

タッキーも職場では学生指導や研修管理など主要な立場になっていたので、すぐには辞められないということを知っていたのである。バリから帰ったら退職願を出そうと思っている。そろそろ結論を出さなければ……あんまり待たせても悪いしね。

彼も将来的には「国境なき医師団」として仕事をしたいと言っている。

タッキーももう少し経験を積んでから開発途上国で働きたいと思っていたので、価値観が同じだったのである。

メールや手紙でやり取りしていた。留学した当初は慣れない言葉や自炊場面、蔦の絡まるレンガの研究棟、近代的な建物が並ぶゆったりとした大学構内、バンクーバーの縦横に整備された美しい街並み、ヨットハーバーなどの風景が頻々《しくしく》と絵葉書やメールで届いたが、最近は間隔も少し長くなり、料理のレパートリーが増えたことや、広い部屋へ引っ越すことを考えていることなどがメールに載ってきている。

このままでいくと、結婚式はたぶんバンクーバーで挙げることになるが、親をどうやって連れて行こうかとタッキーは考えていた。

タッキーは小学校六年のとき父を病気で亡くし、母と祖母に育てられた。母は保健師として働きながら当時体の弱かった父を看護していた。車で二時間ほどの所に住んでいた母の母（祖母）が同居してきて、タッキーの面倒を見ていた。

父が亡くなってからも三人で暮らし、母の背中を見て育ったので自然に母と同じ職業を選んでいた。母と同じような人生を歩みたいと思っている。

高校を卒業して地元と近県の大学を受験したが失敗し、人生とは皮肉なもので、あまり行くつもりのなかった大阪の大学に合格したのである。地元を離れることに迷いもあったが、「私もおばあちゃんも今のところ元気だし、あなたの人生なんだから後で後悔しないような生き方をしなさい」と言ってくれた母の言葉に背中を押されて、思い切って、信州も近いし好きな山登りにも便利かなと思って大阪を選んだ。

祖母も本当は寂しかっただろうに「どこへでも行っちゃえ、行っちゃえ」と明るく送り出してくれた。

母は自分と同じ職業を選んでくれたことに満足しているようである。付き合っている人がいるということは、春に父の十七回忌で帰省したとき話していたので、二人とも「タキが選んだ人」に会うのを楽しみにしていた。が、外国へ行ったことはまだ話していなかった。反対はしないと思うが驚くだろうな。

バリ島旅行から三カ月が過ぎ、落ち葉の季節から、やがて初雪を迎えようとしていた。退職の日までカウントダウンの日々を過ごし、引っ越しや渡航の準備で忙しい毎日を送っていたある日、鹿児島の実家から珍しく仕事中に職場に電話が入った。が、常々「仕事中は私用の電話なんかしちゃだめよ」と二人とも言っていたので、胸騒ぎを覚え、ためらいながら受話器を握りしめる。

「もしもし……タキ、落ち着いて聞くのよ……お母さんが……」

電話の向こうの祖母の声が遠くに聞こえる。受話器を持つ手が震えている。何言ってるの？　おばあちゃん！　お母さんがどうしたって？　タッキーは気持ちを抑えながら内容を反芻《はんすう》していた。

「タキ、落ち着いてよく聞くのよ、お母さんが脳卒中で倒れたの。今、集中治療室で治療を受けているわ、先生は一週間がヤマでしょうって……だから……覚悟して帰ってきて」

タッキーは声も出ず受話器を握り締めて、ただ呆然《ぼうぜん》と立っているのがやっとだった。

どうやって飛行機に乗ったか分からないが、とにかく取るものも取りあえず鹿児島の母が入院している病院へ駆けつけた。

「ＩＣＵ」と書かれたガラスの向こうの小さな空間で、機械の力を借りながら母は一生懸命に生きている。母がたまらなくいとおしかった。医師からは命に別条はないが、麻痺《まひ》が残り仕事復帰は無理だろう、歩けるようになるかどうかは本人のリハビリ次第だと説明された。

タッキーは決心した。母に歩ける可能性が残っているのならそばにいて助けてあげたい。祖母も年を取り自分のことで精一杯なのに、これ以上心配はかけられない。鹿児島に帰って今度は私が二人の面倒を見ようと。

著者プロフィール

白石 ミドリ（しらいし みどり）

1953年、鹿児島県生まれ
現在、鹿児島県に在住

バリの奇跡

2009年 1 月15日　初版第 1 刷発行

著　者　白石 ミドリ
発行者　瓜谷 綱延
発行所　株式会社文芸社
〒160-0022　東京都新宿区新宿1－10－1
電話　03-5369-3060（編集）
03-5369-2299（販売）

印刷所　神谷印刷株式会社

ISBN978-4-286-05853-5